Catalogage avant publication de Bibliothèque et Archives nationales du Québec et Bibliothèque et Archives Canada

McAuley, Rowan

La nouvelle élève

(Go girl!)

Traduction de : The New Girl.

Pour les jeunes.

ISBN 978-2-7625-8957-3

I. Oswald, Ash. II. Ménard, Valérie. III. Titre. IV. Collection : Go girl!.

PZ23.M24No 2010   j823'.92   C2010-940960-4

The New Girl de la collection GO GIRL!

Copyright du texte © 2006 Rowan McAuley

Maquette et illustrations © 2006 Hardie Grant Egmont

Le droit moral de l'auteur est ici reconnu et exprimé.

Version française

© Les éditions Héritage inc. 2010

Traduction de Valérie Ménard

Révision de Ginette Bonneau

Infographie : D.sim.al / Danielle Dugal

Nous reconnaissons l'aide financière du gouvernement du Canada par l'entremise du Programme d'aide au développement de l'industrie de l'édition (Padié) pour nos activités d'édition.

Gouvernement du Québec – Programme de crédit d'impôt pour l'édition de livres.

La nouvelle élève

PAR
ROWAN McAULEY

TRADUCTION DE **VALÉRIE MÉNARD**
RÉVISION DE **GINETTE BONNEAU**

ILLUSTRATIONS DE **ASH OSWALD**

INFOGRAPHIE DE **DANIELLE DUGAL**

Chapitre un

Un mercredi matin, au milieu de l'année scolaire, une nouvelle élève arrive à l'école de Zoé. C'est l'évènement le plus excitant qui soit arrivé à Zoé depuis longtemps.

Madame Laberge frappe à la porte de la classe pendant le cours. Monsieur Bédard ne prend pas le temps de terminer sa phrase.

Tous les jeunes lèvent les yeux de leurs cahiers.

— Ne faites pas attention à nous, dit madame Laberge. Je viens simplement discuter avec monsieur Bédard à propos de la nouvelle élève.

— Super! Une nouvelle élève, chuchote Zoé à sa meilleure amie, Aurélie.

— Je sais, souffle Aurélie. Et madame Laberge se pointe juste au bon moment. Je n'arrivais plus à suivre monsieur Bédard. Vite – pendant qu'ils discutent – est-ce que le mot « intéressé » prend un ou deux « s » ?

— Chut! l'arrête Zoé. J'essaie d'entendre ce qu'ils disent.

Mais les murmures des autres élèves s'accentuent et dégénèrent en cacophonie générale. Zoé n'arrive plus à entendre clairement madame Laberge.

— On se calme, dit monsieur Bédard lorsque madame Laberge s'en va. Bon, vous avez tous compris que nous aurons une nouvelle élève dans notre classe. Elle s'appelle Isabelle Sinclair, et elle se joindra à nous dès qu'elle aura acheté ses livres et son uniforme au magasin général. Je compte sur vous pour l'accueillir chaleureusement.

Ne vous inquiétez pas, pense Zoé. Aurélie et moi serons ses meilleures amies.

— Parfait ! enchaîne monsieur Bédard. Poursuivons notre dictée.

Zoé ne parvient plus à se concentrer sur la dictée. Isabelle pourrait traverser la porte d'une minute à l'autre.

Zoé se demande à quoi ressemble Isabelle. Est-elle musicienne comme Aurélie, drôle comme Rosalie, intellectuelle comme Maude ou timide comme Olivia ?

Lorsque Zoé termine sa dictée, elle dessine des croquis dans la marge de son cahier d'exercices.

Elle essaie de dessiner Isabelle telle qu'elle se l'imagine. Est-elle grande ou petite ? A-t-elle les cheveux longs ou courts ?

— Zoé! souffle Aurélie en lui donnant un coup de coude dans les côtes.

Zoé lève la tête et aperçoit monsieur Bédard qui la regarde.

— Heureux de te retrouver parmi nous, Zoé, dit-il d'un ton sec.

Zoé se redresse rapidement et cache ses croquis avec sa main.

— Désolée, monsieur Bédard, répond-elle.

Monsieur Bédard s'apprête à dire quelque chose lorsqu'on frappe à la porte. C'est madame Laberge, suivie d'une jeune fille vêtue d'un uniforme.

Isabelle!

Chapitre deux

Isabelle Sinclair se tient debout à l'avant de la classe et regarde ses nouveaux camarades d'un air indifférent.

Je serais angoissée si j'étais à sa place, pense Zoé. Je tremblerais de peur.

Isabelle a plutôt l'air détendue. Elle semble même s'ennuyer.

Madame Laberge quitte la classe, puis monsieur Bédard se tourne vers Isabelle.

— Bien, Isabelle, dit-il énergiquement. Bienvenue dans notre classe. Voudrais-tu nous parler un peu de toi?

Oh non, monsieur Bédard! pense Zoé, étonnée. Ne lui faites pas ça!

Zoé croit que c'est la pire chose qui pourrait survenir lors de sa première journée dans une nouvelle école. Elle ne saurait pas quoi répondre. Elle rougirait et bégaierait. Mais Isabelle parle avec assurance.

— Ma famille vient de déménager parce que mon père a été muté pour son travail. Il est avocat et ma mère est professeure de piano. Je n'ai pas de frères ni de sœurs mais j'ai un chien saucisse nommé Bijou, et il dort dans mon lit.

— Merci, Isabelle. Nous sommes heureux

de te compter parmi nous, dit monsieur Bédard. Pourquoi ne t'assois-tu pas à ce pupitre aujourd'hui ? Nous te trouverons un pupitre permanent demain.

Il pointe le pupitre de Coralie.

Elle est malade.

La cloche qui annonce l'heure du dîner sonne. Puis, avant que monsieur Bédard ajoute quoi que ce soit, tous les élèves bondissent de leurs chaises.

— D'accord, dit-il. Vous pouvez partir ! Mais soyez gentils et laissez de l'espace à Isabelle pour qu'elle puisse respirer et manger son lunch pendant que vous la bombardez de questions.

Monsieur Bédard a raison – tous les élèves s'attroupent autour d'Isabelle. Ils souhaitent lui parler, mieux la connaître et leur parler d'eux.

— Tu vois le mûrier là-bas ? demande Oscar. C'est dans cet arbre que Félix et moi, on a grimpé pour sauter par-dessus la clôture de la cour d'école.

— On a eu de sérieux ennuis, dit Félix. La direction a créé un nouveau règlement juste pour nous. Personne n'est désormais autorisé à grimper dans les arbres.

— Et au bout de cet édifice se trouve la classe de musique, ajoute Aurélie en pointant devant elle. Il y a des guitares, un piano, une batterie, des flûtes, enfin tous les instruments que tu veux.

— Et à côté de la classe de musique, il y a le local d'informatique, poursuit Rosalie.

Nous avons notre cours d'informatique tous les vendredis avec monsieur Champagne. C'est un très bon professeur.

Olivia ricane.

— Tu dirais ça ? demande-t-elle à Rosalie. Tu as le béguin pour lui !

— Ce n'est pas vrai, répond Rosalie.

— Oh oui, c'est vrai, dit Olivia en riant. Tu l'ai-mes !

Zoé est fâchée – elle ne veut pas entendre parler de ces choses-là ! Elle veut entendre parler d'Isabelle. Elle lève la tête et aperçoit Isabelle, silencieuse et sérieuse. Zoé réalise qu'Isabelle n'a pas souri une seule fois depuis son arrivée.

Lorsque l'heure du dîner se termine et que les élèves retournent en classe, Zoé n'a appris que deux nouveaux détails à propos d'Isabelle – elle a déjà eu un chat persan blanc qui s'appelait Fripon, et les mathématiques sont sa matière préférée.

— Hé, j'ai une idée ! murmure Zoé à Aurélie au moment où elles s'assoient et

sortent leurs livres de sciences. Je vais demander à ma mère si Isabelle peut venir à la maison après l'école. Tu peux aussi venir, et comme ça, on aura Isabelle pour nous toutes seules.

Aurélie s'enflamme.

— Demande-le à ta mère ce soir, puis appelle-moi. Je pourrai aussitôt demander la permission à ma mère, et on pourra inviter Isabelle demain.

— Super ! dit Zoé en souriant.

Ça aurait été super, en effet, mais Zoé n'a jamais eu la chance d'inviter Isabelle.

Chapitre
trois

Ses ennuis débutent au moment où elle revient de l'école. La plupart des élèves vont prendre l'autobus aux portes principales, mais l'autobus ne passe pas devant la maison de Zoé. Elle traverse donc la cour de récréation et va rejoindre son frère Max dans la cour de la maternelle, où leur mère passe les prendre.

En temps normal, Max saute partout, comme s'il n'avait pas vu Zoé depuis un an.

Mais aujourd'hui, il s'appuie contre la clôture de l'école pendant qu'ils attendent leur mère. Max grelotte. Il fait pourtant chaud et il porte une veste.

— Est-ce que je peux emprunter ta veste, Zoé ? demande-t-il, piteux.

Zoé cherche sa veste dans son sac au moment où leur mère arrive.

— Dépêche-toi, Zoé, lance sa mère par la vitre. Peux-tu aider Max à transporter son sac ? Il a l'air lourd aujourd'hui.

Zoé balance les deux sacs dans la voiture, puis elle s'assoit sur le siège. Max se traîne les pieds jusqu'à la voiture, paraissant plus fatigué et mal en point que jamais.

— Max, tu claques des dents ! dit sa

mère. Zoé, qu'est-ce qui ne va pas avec ton frère?

Zoé soupire et hausse les épaules.

C'est parfois pénible d'être une grande sœur. Elle voudrait parler d'Isabelle à sa mère, lui demander si elle peut l'inviter à la maison avec son amie Aurélie. Mais pour l'instant, Max retient toute son attention.

Sur l'heure du souper, les frissons de Max ont tourné en fièvre. Quand il s'est réveillé, ce matin, son corps était couvert de boutons.

— La varicelle! constate sa mère. Comment te sens-tu, Zoé? As-tu des boutons?

— Je vais bien, répond Zoé avec un brin

d'impatience dans la voix. Je veux vite déjeuner et m'en aller à l'école.

Sa mère ne semble pas s'apercevoir que Zoé est pressée de partir.

— Va t'habiller, dit-elle calmement. Je vais faire quelques appels avant qu'on aille où que ce soit.

Zoé s'habille le plus rapidement possible pendant que sa mère parle au téléphone. Elle glisse sa barrette de coccinelle préférée dans ses cheveux lorsque sa mère entre dans sa chambre.

— J'ai de mauvaises nouvelles, Zoé, dit-elle. J'ai téléphoné au docteur Nguyen pour qu'il rédige une note d'absence pour mon travail afin que je puisse rester ici et m'occuper de Max...

Zoé hoche la tête.

— Et selon le docteur Nguyen, tu devrais également rester à la maison.

— Quoi ? proteste Zoé. Mais je ne suis même pas malade ! S'il te plaît, maman, je dois aller à l'école aujourd'hui. Je t'en prie.

— Non, dit fermement sa mère. Tu n'as pas encore eu la varicelle, alors les chances que tu l'aies en ce moment sont de quatre-vingt-dix pour cent. Le docteur Nguyen pense que les boutons vont apparaître d'un jour à l'autre.

— Est-ce que je peux aller à l'école jusqu'à ce que je sois malade ? demande Zoé.

— Je suis désolée, Zoé. Même si tu te sens bien, tu peux transmettre la varicelle

aux autres. Tu ne peux pas aller à l'école.
Et tu n'as pas la permission de recevoir de
visiteurs non plus. Il n'y aura ici que toi,
papa, Max et moi.

Chapitre quatre

Zoé a envie de pleurer. C'est tellement injuste ! Elle rate toujours les bonnes occasions. Lorsqu'elle retournera à l'école, tout le monde, sauf elle, va connaître Isabelle.

Cet après-midi-là, le téléphone sonne pendant que Max et Zoé regardent la télévision.

— Zoé, dit sa mère. Téléphone, pour toi. C'est Aurélie.

Zoé se lève lentement. Elle constate qu'elle a froid et qu'elle se sent étourdie.

— Bonjour Aurélie, dit-elle.

— Zoé, tu ne m'as pas téléphoné hier soir. Et tu n'es pas venue à l'école aujourd'hui. Je suis inquiète.

— Monsieur Bédard ne t'a rien dit ? Max a la varicelle, et je l'ai probablement aussi. Je dois donc rester à la maison.

— Pour combien de temps ?

— Au moins une semaine.

— Une semaine ! s'exclame Aurélie. C'est une éternité !

— Une semaine ou plus, précise Zoé. Nous ne pouvons pas quitter la maison avant que les boutons aient disparu.

— Les boutons ? Beurk ! En as-tu beaucoup ?

— Aucun encore, souligne Zoé, qui se sent de plus en plus mal. De toute façon, dis-moi, comment c'était à l'école ? As-tu passé du temps avec Isabelle ?

— Ouais, et tu sais quoi ? Monsieur Bédard l'a fait asseoir à notre table. Elle est assise à côté de moi.

— Pour vrai ? Comment est-elle ?

— Oh, elle est tellement drôle ! Tu ne devineras jamais ce qu'elle a fait ! Lorsque monsieur Champagne est entré dans la classe d'informatique, Isabelle a fait un son de baiser, et Rosalie a rougi devant tout le monde !

— Ah! Ah! s'esclaffe tristement Zoé. Elle aurait tant voulu être là.

— Et ensuite, poursuit Aurélie, Isabelle a défié Félix de sortir de la cour, de se rendre jusqu'au coin de la rue et de revenir.

— Je ne te crois pas! lance Zoé.

— Ouais. Et Félix a refusé sous prétexte qu'Oscar et lui ont eu trop d'ennuis la dernière fois qu'ils sont sortis de la cour de récréation. Isabelle l'a donc fait! Et sans courir, en plus. Elle est sortie en marchant, comme si de rien n'était.

— Eh bien! pense tout haut Zoé, étonnée. Isabelle est donc une fille cool, hein?

— La plus cool de toutes.

— Oh, répond timidement Zoé. Bien.

Chapitre cinq

Zoé a eu la varicelle pendant une semaine. Ses boutons étaient insupportables – ils piquaient et lui faisaient mal. Elle en avait même sur le nez! Ils ont finalement séché, et elle a pu retourner à l'école.

Elle a été absente si longtemps. Zoé se sent comme si elle était la nouvelle élève. Elle a le visage couvert de gales et elle a perdu le fil de ce qui s'est passé à l'école pendant son absence. Peut-être que plus personne ne joue à l'élastique et qu'elle passera pour une attardée si elle veut jouer.

Quand elle arrive à l'école, elle aperçoit Aurélie et Isabelle ensemble. Elles lisent quelque chose dans l'agenda qu'Isabelle tient dans ses mains.

— Salut, dit-elle en prenant son sac à dos.

Aurélie regarde Isabelle pendant une fraction de seconde avant de répondre à Zoé, comme si elle se demandait ce qu'elle devait faire. Ça s'est produit si vite que Zoé ne s'est presque aperçu de rien.

Presque.

— Salut Zoé, dit timidement Aurélie.

— Ouais, salut, répond Isabelle en regardant sa montre.

Aurélie a l'air mal à l'aise.

— Nous voulons terminer cet exercice d'équations avant que la cloche sonne. On se reparle plus tard, d'accord ?

Zoé ne sait pas quoi répondre. Elle reste immobile, ressentant chaque gale sur son visage. Elle a l'impression que tout le monde de la cour d'école la regarde. Elle est si gênée. Elle voudrait partir à rire et faire semblant que son petit problème de peau ne la dérange pas. Mais ce n'est pas le cas.

Zoé se dirige vers les toilettes et examine son visage dans le miroir. Ça doit être à cause de la varicelle, pense-t-elle. Les autres ne veulent sans doute pas jouer avec une fille qui a des boutons et des gales.

C'est sûrement à cause des boutons!

Elle entend des voix derrière elle. Rosalie et Jade entrent dans la pièce. Zoé commence à se laver les mains pour faire semblant qu'elle vient d'aller aux toilettes.

— Ah, salut, dit Zoé, en se demandant si Rosalie et Jade ont remarqué qu'elle est contrariée. Se sont-elles rendu compte de ce qui s'est passé dans la cour d'école ?

— Hé ! Tu dois parler à Isabelle, lance Jade. Elle a organisé une compétition de saut à la corde avec un vrai pointage, des rondes préliminaires et même une grande finale. Tu dois y participer !

— Oh ! répond Zoé. Je n'ai pas de corde à sauter.

— Ce n'est pas grave, la rassure Rosalie. Tu pourras prendre la mienne.

— La cloche ! s'écrie Jade. Nous ferions mieux de nous dépêcher. Monsieur Bédard était fâché hier parce que nous sommes arrivées en retard.

Chapitre six

Zoé prend son temps. Elle avait si hâte de revenir à l'école, mais maintenant qu'elle est de retour, elle préférerait être à la maison.

— Hé, Zoé, dit monsieur Bédard en attendant à côté de la porte de la classe. Alors, la varicelle ? Ça pique, hein ?

— Oui, monsieur Bédard, répond Zoé.

— Tu es revenue juste à temps, précise-t-il. Nous commençons un nouveau projet aujourd'hui, et je crois que ça t'intéressera.

— Ah bon, dit-elle sans porter attention.

Ils entrent dans la classe, puis Zoé regarde la table à laquelle elle s'assoit habituellement. Aurélie et Isabelle y sont déjà installées et elles sortent leurs stylos et leurs crayons en rigolant à propos de quelque chose.

Zoé prend une grande respiration et va s'asseoir avec elles – elle est si gênée.

Je suis
même trop gênée
pour parler
à mes amies!

C'est insensé, pense-t-elle. Pourquoi suis-je gênée avec mes propres amies ?

Elle espère qu'Aurélie lui dise quelque chose, et que tout redevienne normal. Mais Aurélie lui fait un simple sourire, en s'assurant d'abord qu'Isabelle ne regarde pas.

— Bonjour tout le monde, dit monsieur Bédard. Est-ce que quelqu'un n'a *pas* fait le devoir à remettre aujourd'hui ?

Monsieur Bédard se déplace entre les rangées pour recueillir les devoirs.

— Ça va, Zoé, souligne-t-il en prenant le devoir d'Aurélie. Je sais que tu n'as pas fait celui-ci. Bon, dit-il au reste de la classe, je vais commencer la correction à mon bureau pendant que vous vous concentrez sur les exercices de mathématiques qui figurent sur ce questionnaire.

Tout le monde rouspète.

— Quoi? demande monsieur Bédard en prenant un air étonné. Qu'est-ce que j'entends? Est-ce que mes élèves me demandent *plus* d'exercices? Je ne vous en ai *pas* donné suffisamment? Parfait! Commencez par ce que je vous ai donné. Ça vaut pour toi aussi, Oscar Morin. Levez la main si vous avez des questions. Autrement, je veux le *silence* complet.

En temps normal, Zoé déteste les exercices individuels, mais aujourd'hui, elle est heureuse de pouvoir baisser la tête sur sa feuille et ne pas devoir parler à personne. Elle ne veut même pas parler à Aurélie et à

Isabelle jusqu'à ce qu'elles lui aient dit quelque chose de gentil. Elle espère ne pas avoir à attendre trop longtemps.

Lorsque la cloche de la récréation sonne, toutes les filles s'attroupent autour d'Isabelle.

— Qui fait partie de la première ronde, aujourd'hui ? demande Maude.

Isabelle sort son agenda et l'ouvre à la page des tables de multiplications.

— Voyons voir, dit-elle. Nous sommes à la deuxième ronde. Maude, tu seras en compétition contre Rosalie et Jade. Et ensuite, Aurélie, Olivia et Coralie feront partie de la troisième ronde qui aura lieu sur l'heure du dîner.

Zoé n'a pas encore dit un seul mot à Isabelle. Pendant la matinée, elle a gardé les yeux sur sa feuille et a tenté d'ignorer Aurélie et Isabelle lorsqu'elles chuchotaient. À ce moment, elle décide de prendre son courage à deux mains et de leur parler.

— Est-ce que je peux me joindre à la compétition ? demande Zoé.

Isabelle la regarde.

— Non, répond-elle. Nous avons débuté les rondes préliminaires pendant ton absence. La compétition est déjà commencée. Ce ne serait pas juste de te laisser embarquer à la quatrième ou cinquième ronde.

— Mais j'avais la varicelle ! se défend Zoé.

Elle ne peut pas en croire ses oreilles.

— Nous devons être équitables, souligne Isabelle. Ce ne serait pas une vraie compétition si nous ne respections pas les règles.

— Je comprends, répond Zoé à voix basse.

— Hé, mais Zoé pourrait se joindre à l'équipe des juges, fait observer Aurélie à Isabelle. N'est-ce pas?

Isabelle réfléchit pendant une minute, puis elle secoue la tête.

— Je suis *vraiment* désolée, dit-elle en n'ayant pas l'air désolée du tout. Mais seules les filles qui font partie de la compétition ont le droit d'être juges.

Zoé est humiliée et elle se sent rejetée.

Comme c'est embarrassant. Et devant toutes les autres filles, en plus! Maintenant, tout le monde sait qu'elle est mise à l'écart.

Chapitre
* sept *

Zoé a envie de pleurer, et même de disparaître pour toujours. Mais la cloche a sonné et monsieur Bédard attend que les derniers élèves quittent la classe pour verrouiller la porte.

Zoé sort son lunch de son sac et réussit à se rendre dans la cour de récréation sans éclater en sanglots. Elle aperçoit Aurélie seule à côté de la poubelle, en train d'éplucher une mandarine.

Voilà ma chance, pense-t-elle. Je vais aller voir Aurélie et lui demander ce que j'ai fait de mal.

Elle s'avance vers Aurélie.

— Salut Aurélie, lui dit-elle à voix basse.

— Oh, Zoé, répond Aurélie en souriant. Comment vas-tu? J'ai passé la journée à essayer de te parler.

— C'est vrai? réplique Zoé, rassurée. Je croyais que plus personne ne m'aimait.

— Oh non, dit Aurélie, ce n'est pas vrai.

Isabelle arrive derrière elles.

— Que se passe-t-il, les filles? demande-t-elle.

— Rien, répond Zoé. Je parlais à Aurélie.

— Eh bien, Aurélie n'a pas le temps de parler, répond Isabelle d'un ton autoritaire.

Elle doit venir juger la deuxième ronde préliminaire avec moi.

— Mais Zoé peut venir regarder, non? demande Aurélie.

Isabelle regarde Zoé d'un air pensif.

— Je ne veux pas être méchante, dit-elle, mais tes gales sont répugnantes. Tu devrais aller jouer avec les autres.

Zoé est si troublée qu'elle ne sait pas quoi répondre. *Personne* n'a jamais été aussi méchant avec elle auparavant.

Oh... J'aimerais que mes boutons disparaissent!

Elle se tient immobile alors qu'Isabelle se retourne et s'éloigne.

— Allez, Aurélie, dit Isabelle. Nous ne ferons jamais la deuxième ronde si nous traînons. Nous n'avons pas de temps à perdre.

Aurélie a l'air aussi troublée que Zoé. Aurélie s'apprête à dire quelque chose lorsque Isabelle l'appelle.

— Aurélie !

Aurélie lance un regard de tristesse et de culpabilité à Zoé, puis elle suit Isabelle.

Ça doit être un mauvais rêve, pense Zoé. Ça ne peut être pas réel. C'est mon école. Ce sont mes amies. Pourquoi m'a-t-on mise à l'écart ?

Elle aperçoit les autres filles qui se mettent en rang pour la compétition.

Certaines ont une corde à sauter, d'autres ont une feuille pour écrire le pointage. Elles semblent être si loin, comme si elles faisaient partie d'un autre monde.

Je suis seule, maintenant!

Zoé sait qu'elle ne peut pas se joindre à elles. En fait, elle se demande si c'est ce qu'elle souhaite en ce moment. Isabelle lui a clairement fait comprendre qu'elle n'est pas la bienvenue.

Zoé ignore ce qu'elle doit faire, mais elle ne veut surtout pas rester seule.

Elle sait que les garçons la laisseraient jouer avec eux si elle le leur demandait. Ils courent sur le terrain de soccer en criant et en applaudissant. Ça lui demanderait beaucoup d'énergie de jouer avec eux, et Zoé n'a pas cette énergie en ce moment. Il semble que les remarques méchantes d'Isabelle l'aient totalement épuisée.

— Salut Zoé, dit madame Samson, qui est de surveillance aujourd'hui. C'est ton grand retour depuis que tu as eu la varicelle, n'est-ce pas?

Zoé hoche la tête.

— Tu as plus d'entrain que ça, d'habitude. Est-ce que ça va, ma chouette?

Non, ça ne va pas, pense Zoé. Je ne me sens pas bien !

Elle ne le dit pas à voix haute, par contre. Elle a l'impression qu'elle va se mettre à pleurer si elle parle. Elle secoue plutôt la tête de gauche à droite.

— Pourquoi ne vas-tu pas à l'infirmerie ? suggère gentiment madame Samson. Tu pourrais te reposer jusqu'à ce que tu te sentes mieux.

Chapitre

huit

Zoé a toujours pensé que l'infirmerie était un endroit ennuyant. C'est la plus petite et la plus laide salle de toute l'école. Il n'y a pas d'images à regarder, aucun livre à lire et aucune activité à faire.

N'importe quel autre jour, Zoé aurait tout fait pour sortir de là, mais en ce moment, elle s'y sent en sécurité et elle est bien.

De temps à autre, madame Laberge vient la voir puis lui demande :

— Est-ce que ça va mieux ? Veux-tu que j'appelle ta mère ?

Et chaque fois, Zoé secoue la tête. Elle ne se sent pas mieux, mais elle ne veut pas appeler sa mère non plus. Elle sait que sa mère ne peut plus s'absenter de son travail.

Zoé est coincée à l'école. La cloche finit par sonner. Après avoir pris une grande respiration, elle retourne en classe.

C'est un miracle que Zoé ait réussi à passer à travers la journée sans pleurer. Elle se concentre du mieux qu'elle peut sur son travail, en espérant effacer toutes ses pensées négatives. Elle survit jusqu'au son de la cloche.

Après être rentrée à la maison et s'être changée, Zoé constate qu'elle est davantage fâchée que triste. Et ce n'est pas contre Isabelle qu'elle est en colère. C'est contre Aurélie !

Elle décide de lui téléphoner.

Aurélie répond à la première sonnerie.

— Allo ?

— Allo Aurélie, dit Zoé.

— Hé, Zoé...

Zoé l'interrompt. Elle ne veut pas entendre ce qu'a à dire Aurélie. Elle veut simplement savoir une chose.

— Pourquoi ne t'es-tu pas portée à ma défense à l'école ? Tu es supposée être ma meilleure amie, mais tu ne m'as pas parlé !

Il y a un moment de silence puis Aurélie laisse tomber :

— Je suis désolée, Zoé. Je suis encore ton amie, mais je suis aussi l'amie d'Isabelle.

— Qu'est-ce que ça veut dire ?

— Pendant ton absence, dit Aurélie, je n'avais plus personne avec qui jouer. Et comme Isabelle n'avait personne avec qui jouer non plus, nous avons commencé à nous tenir ensemble.

— Ouais, et puis ? répond Zoé.

— Tu es de retour, et tu as plein d'autres amies avec qui tu peux jouer. Tu connais plein de gens, mais Isabelle ne connaît que moi. Elle a besoin de moi, Zoé. Plus que toi.

— Qu'est-ce que tu veux dire ? demande Zoé. Ça n'a aucun sens. Pourquoi est-ce que tu ne pourrais pas jouer avec Isabelle et moi en même temps ?

— Tu ne comprends pas, dit Aurélie. C'est difficile pour Isabelle. Elle est nouvelle. Elle a besoin de m'avoir pour elle toute seule jusqu'à ce qu'elle s'intègre.

Ça y est, pense Zoé au moment où elle raccroche. Isabelle est maintenant la meilleure amie d'Aurélie, et il n'y a plus de place pour moi.

Chapitre neuf

Le lendemain, à l'école, Zoé observe les filles qui s'attroupent autour d'Aurélie et d'Isabelle pour la compétition de saut à la corde.

Aurélie a l'air heureuse d'être aussi populaire. Isabelle mordille la pointe de ses cheveux pendant qu'elle écrit dans son agenda.

Personne ne se rend compte que Zoé les observe. Elles ont toutes l'air trop énervées par la compétition. Tout le monde veut y participer, ce qui signifie que Zoé n'a plus personne avec qui jouer. Même Coralie, qui déteste le sport, a apporté sa corde à sauter.

Aux récréations, sur l'heure du dîner, avant la cloche du matin et après l'école, en attendant l'autobus, elles sautent à la corde. De plus, dans la classe, lorsqu'elles s'échangent des notes ou qu'elles se chuchotent des choses à l'oreille, c'est pour parler de corde à sauter.

C'est l'activité la plus intéressante qui soit survenue depuis que Zoé va à l'école et elle ne peut même pas y participer.

Et le pire, c'est que sa meilleure amie est maintenant amie avec la fille la plus méchante et antipathique de l'école.

C'est sans conteste la pire semaine d'école de sa vie.

Le mardi, Zoé va rejoindre Max dans la cour de la maternelle.

Je n'ai plus rien à faire sur l'heure du dîner, maintenant!

Le mercredi, elle retourne à l'infirmerie pendant la récréation et sur l'heure du dîner en prétextant avoir mal à la tête.

Le jeudi, elle va à la bibliothèque pendant la récréation. Sur l'heure du dîner, par contre, la bibliothèque est fermée parce que la bibliothécaire a un rendez-vous chez le dentiste. Zoé retourne donc à l'infirmerie.

Je n'arrive pas à y croire, pense Zoé en s'étendant sur le lit froid. Qu'est-ce que j'ai fait pour devenir si impopulaire? Pourquoi les autres aiment-ils mieux Isabelle que moi?

Quand la cloche sonne, Zoé se met à paniquer.

Je ne suis pas certaine de vouloir revoir Isabelle, pense-t-elle.

Elle essaie ensuite de se motiver. Allez, Zoé. C'est la période d'arts plastiques cet après-midi – ta matière préférée.

Elle entre dans la classe après tout le monde. Elle remarque que monsieur Bédard a sorti les pots de peinture et les pinceaux.

— Aujourd'hui, dit monsieur Bédard, nous ne peindrons pas des gens ou des choses ordinaires. Je veux que vous peigniez vos *sentiments*.

— Qu'est-ce que vous voulez dire? demande Félix. Comme peindre un visage content ou un visage triste?

— Non. Par exemple, si vous vous sentiez très heureux, quelle couleur utiliseriez-vous? Ou quelle forme représenterait votre colère? Ou votre joie?

Les autres élèves chuchotent entre eux, mais Zoé sait exactement ce que veut dire monsieur Bédard. Et en plus, elle sait exactement ce qu'elle va peindre.

Peu avant le son de la cloche, monsieur Bédard demande à chacun de terminer sa

peinture, puis de l'épingler au mur pour la laisser sécher. Tandis que chaque élève s'exécute, monsieur Bédard analyse chaque création.

— Très bien, dit-il à Jade. Hé tout le monde, regardez les cercles roses que Jade a peints. Ils s'insèrent les uns à l'intérieur des autres, pour représenter le sentiment de l'amour. C'est comme si on recevait une tonne de câlins en même temps. Oh, et c'est incroyable, Oscar. Des éclairs noirs et rouges. La colère, n'est-ce pas?

Zoé lui montre son œuvre.

— Zoé, c'est magnifique. Ces différents tons de bleu et de violet, comme l'océan ou un ciel orageux. Qu'est-ce que c'est? La tristesse?

— Non, dit très, très timidement Zoé afin que personne ne l'entende. C'est la solitude.

Monsieur Bédard s'arrête de parler pendant un moment, puis il répond:

— Merci, Zoé. C'est fantastique. Je comprends parfaitement ce que tu ressens.

Chapitre dix

Ces jours-ci, Zoé est heureuse de ne pas devoir prendre l'autobus avec les autres. Lorsqu'elle rentre à la maison, ça lui convient parfaitement de s'asseoir sur la banquette arrière de la voiture et de regarder par la vitre.

Cet après-midi-là, Max raconte en détails à leur mère à quel point il a été bon sur le module à grimper pendant l'heure du dîner. Il parle pendant tout le trajet, et Zoé n'a pas à dire quoi que ce soit.

Lorsqu'ils arrivent chez eux, Zoé prend son sac et se précipite vers l'escalier qui mène à la maison.

— Est-ce que ça va, Zoé? demande sa mère. Tu n'as pas dit un mot de l'après-midi.

Zoé hausse les épaules.

— Elle est de mauvaise humeur, lâche Max. Elle ne m'a pas parlé non plus pendant qu'on t'attendait. Elle est toujours de mauvaise humeur. Bou-hou-hou! Bou-hou-hou – OUCH!

— Zoé! s'indigne sa mère. Que je ne te voie pas frapper ton frère! Qu'est-ce que ça signifie? Excuse-toi tout de suite!

Sans que Zoé ne voie venir le coup, toutes les mauvaises émotions l'ont submergée.

Elle en a assez d'être mise de côté, de ne pas se sentir aimée, et que les gens soient méchants avec elle.

— Je ne m'excuserai pas ! crie-t-elle. C'est lui qui devrait s'excuser ! Je ne suis *pas* de mauvaise humeur !

— Zoé, va dans ta chambre immédiatement avant que je me sente forcée de faire quelque chose que je regretterais.

— Ouais, Zoé, dit Max en se frottant le bras. Tu es méchante.

— Je te déteste ! lui crie Zoé.

Zoé éclate en sanglots, puis se précipite dans sa chambre. Elle s'étend sur son lit. Elle pleure toutes les larmes de son corps. Elle s'est retenue de pleurer tellement de fois à l'école que ça lui fait du bien de pouvoir enfin pleurer un bon coup.

Après un certain temps, les larmes cessent de couler et elle se met à penser à l'école.

Comment allait-elle survivre à une autre journée? C'est simple, elle n'y parviendra pas. Elle n'a qu'à dire à sa mère qu'elle n'y retournera pas.

Chapitre onze

Ce soir-là, Zoé prend son repas dans sa chambre. Elle refuse de s'excuser à Max pour l'avoir frappé, et sa mère l'oblige à rester dans sa chambre jusqu'à ce qu'elle le fasse. Ça lui est égal. Elle se sent bien toute seule. Elle commence à y être habituée. Elle est seule à l'école, et maintenant seule à la maison. Un jour, elle disparaîtra pour toujours et personne ne s'en rendra compte.

— Zoé ?

C'est son père qui vient de rentrer du travail et qui frappe à sa porte. Zoé s'assoit sur son lit.

— Maman m'a dit que tu t'es disputée avec Max cet après-midi.

Zoé soupire. C'est reparti, pense-t-elle.

Son père s'installe au pied de son lit.

— Ça ne te ressemble pas, ma puce, fait-il remarquer. La Zoé que je connais n'est pas violente, elle ne crie pas et ne refuse jamais de s'excuser. Maman a cru comprendre que tu avais des problèmes à l'école.

Zoé hoche la tête.

— Est-ce que c'est à cause d'Aurélie? demande son père.

— Oui, si on veut. Ce n'est pas Aurélie qui a commencé, mais elle ne prend pas ma défense non plus. Alors, je suis également en colère contre elle.

— Qui a commencé quoi? Que s'est-il passé?

— Il y a une nouvelle élève à l'école, nommée Isabelle. Elle est méchante et elle me déteste. Je la déteste aussi.

— Tu la détestes ?

— Oui, lâche Zoé. C'est une brute et j'aimerais trouver une façon de la faire payer pour tout le mal qu'elle m'a fait.

Zoé continue de lui raconter tout ce qui s'est passé à l'école.

— Oui, je vois, dit son père. Tu dois être très fâchée contre Aurélie *et* Isabelle.

— Oui, confirme Zoé.

— Isabelle t'a fait beaucoup de peine.

— Oui, répond Zoé. C'est exactement ça.

Ouf ! pense-t-elle. Au moins, son père la comprend.

— Hum, dit son père.

— Que me conseilles-tu de faire ? demande Zoé. Comment m'y prendre pour qu'elle regrette tout ce qu'elle m'a fait ?

— C'est une bonne question. Tu peux t'y prendre de deux façons avec cette Isabelle, suggère son père. La première solution consiste à passer beaucoup de temps à te répéter à quel point tu la détestes et à chercher différentes façons de te venger.

— Oui, oui, s'empresse de répondre Zoé. Je pourrais la ridiculiser devant tout le monde.

— Oui, tu pourrais faire ça, reconnaît son père. Mais d'un autre côté, ça pourrait la mettre en colère. Puis, si tu te venges et la ridiculises – bien, tu ne penses pas que ce serait toi, la brute ?

— Non ! se défend Zoé. Pourquoi serais-je la brute si c'est elle qui a commencé ? Ce serait simplement lui rendre la pareille, non ?

— Peut-être, dit son père, mais je ne pense pas à ce que mérite Isabelle. Je pense à toi, et je doute que tu sois une personne qui se plaît à agir méchamment.

Zoé ne sait pas si son père a raison. Elle s'est imaginé quelques façons de faire pleurer Isabelle devant toute l'école. C'est la seule chose intéressante qu'elle a faite cette semaine.

— J'aime bien la première idée, avoue-t-elle. Mais, dis-moi, quelle est ta deuxième solution ?

Chapitre
douze

— La deuxième solution, poursuit son père, c'est de lui tenir tête. Ne t'abaisse pas à son niveau et ne réponds pas à ses intimidations. Tu dois lui tenir tête et être respectueuse. Tu sais, tôt ou tard, les bourreaux finissent toujours par se faire avoir à leur propre jeu. Les autres enfants vont rapidement voir qui est la véritable amie.

— C'est ça, ta solution miracle? dit Zoé, peu convaincue. D'être *gentille*? Je dois attendre qu'Isabelle cesse d'être méchante ?

— Ouais, confirme son père. Ce ne sera pas facile, par contre.

— Sans blagues, dit Zoé. Je doute que ça fonctionne.

— Oh, ça va fonctionner. Ne t'en fais pas. Tu en doutes peut-être, mais être gentil avec les gens et les traiter avec respect est une méthode infaillible.

Zoé regarde son père. Il semble sérieux. Il ne blague pas.

— Je ne crois pas pouvoir y arriver, papa, finit-elle par dire. Je suis tellement en colère contre elle que je n'ai pas envie d'être gentille.

— Je sais, l'encourage son père en lui donnant un baiser. Mais tu es une enfant formidable, Zoé. Tu agiras en conséquence. Maintenant, viens t'excuser à ton frère, et tu pourras ensuite manger ton dessert.

Le lendemain, c'est vendredi. Zoé essaie de se rappeler ce que lui a conseillé son père. Elle s'efforce d'avoir des pensées positives et réconfortantes. Elle s'imagine que les commentaires méchants d'Isabelle ne l'affectent pas, comme si elle était à l'épreuve de tout.

On peut me faire du mal en me frappant, pense-t-elle, mais on ne peut pas me faire de mal avec des mots ou des insultes.

Mais lorsqu'elle aperçoit Isabelle au centre d'un groupe avec Aurélie, son cœur fait un bond et elle prend soudainement peur.

Personne ne sera de mon côté, pense-t-elle. Ils veulent tous être l'ami d'Isabelle. À quoi ça sert de lui tenir tête si je finis quand même par me retrouver toute seule?

Oh... à quoi ça sert de lui tenir tête?

Elle mordille sa lèvre, puis se dirige vers eux.

Oh, tant pis, pense-t-elle. Je fonce...

— Bonjour Aurélie! lance-t-elle. Bonjour Isabelle!

— Bonjour Zoé, dit Aurélie en souriant.

— Aurélie, on doit se dépêcher à organiser les demi-finales de la compétition de saut à la corde pour la récréation, dit Isabelle, comme si elle n'avait pas entendu Zoé.

— Comment se passe la compétition ? demande Zoé, décidée à être gentille.

— Écoute, Zoé, répond Isabelle. Aurélie et moi, on est très occupées. Ne nous dérange plus, s'il te plaît.

Zoé en a le souffle coupé. Comment peut-elle être gentille avec une fille aussi méchante ? Son père veut qu'elle soit forte, mais Zoé se sent faiblir à l'intérieur d'elle-même.

Chapitre *treize*

Ce midi-là, quelques filles qui ont été élimi-
nées du concours d'Isabelle se lassent de
regarder les autres sauter à la corde. Pour la
première fois depuis longtemps, Zoé a des
amies avec qui s'amuser. Elle joue au hand-
ball avec Maude, Jade, Sophie, Rosalie et
Olivia.

Zoé est heureuse de pouvoir enfin jouer
avec ses amies sans qu'Isabelle puisse les
en empêcher. Mais elle s'ennuie d'Aurélie,

même si elle est fâchée contre elle parce qu'elle préfère être l'amie d'Isabelle. Zoé souhaite encore être son amie. Ce n'est pas aussi amusant avec les autres.

Elle pense à tout ça en mangeant son lunch lorsque Sophie lui demande :

— Tu ne joues plus avec Aurélie ? Vous êtes-vous disputées ?

Zoé ne sait pas quoi lui répondre. Son père veut qu'elle se tienne debout, mais elle aimerait tant dire à Sophie à quel point Isabelle est méchante et Aurélie, stupide. Elle n'a encore rien répondu lorsque Sophie agite la tête et dit :

— C'est à cause d'Isabelle, hein ? Tu sais, je crois que c'est une brute.

Au même moment, Rosalie lance un cri de frustration. Elle a raté un tir facile parce qu'elle était distraite. Elle quitte le terrain de jeu et demande à Olivia de prendre sa place. Elle va ensuite s'asseoir à côté de Zoé.

— Est-ce que vous parlez d'Isabelle ? demande Rosalie.

— Ouais, confirme Sophie.

— Elle est tellement insupportable ! répond Rosalie. Vous savez, elle m'a même dit que je devais cesser de parler à Olivia si je voulais jouer avec elle. Vous vous rendez compte ?

— Qu'est-ce que tu lui as répondu ? demande Zoé.

— Pff ! Je lui ai dit qu'elle pouvait oublier ça ! Je n'en ai rien à faire de la corde à sauter, de toute façon.

Papa avait raison, pense Zoé. Isabelle se fait avoir à son propre jeu.

Après le dîner, à la dernière période avant la fin de semaine, monsieur Bédard dit :

— Place à la poésie ! Je veux que chacun de vous regardiez le tableau que vous avez peint hier. Puis, quand vous serez prêts, vous écrirez un poème sur vos sentiments.

Zoé regarde le mur sur lequel est épin-
glé sa peinture. Elle est à côté de celle
d'Isabelle. Isabelle a peint un nuage noir et
gris, et Zoé se demande ce que cela signifie.
Le sentiment d'Isabelle est peut-être la
haine – elle a peut-être peint le sentiment
qu'elle ressent envers Zoé ! C'est une théorie
inquiétante. Zoé ramène rapidement son
regard sur sa peinture.

Quelques minutes plus tard, elle commence à écrire son poème.

— OK, dit monsieur Bédard, la cloche est
sur le point de sonner. Lorsque vous aurez
terminé, empressez-vous de ranger vos
choses en silence, puis rendez-moi votre
poème en sortant de la classe. Je suis très
intrigué de lire ce que chacun de vous a écrit.

Zoé est également intriguée. Elle jette un coup d'œil sur la feuille d'Isabelle en sachant très bien qu'elle ne veut pas que qui que ce soit la regarde. Elle a rédigé un long poème d'une petite écriture fine, et dont plusieurs extraits ont été biffés. C'est difficile à lire à l'envers. Zoé parvient seulement à en lire le titre.

Il est intitulé : Mon ancienne maison.

Quel est le sujet du poème d'Isabelle ?

Oh, Isabelle s'ennuie de son ancienne maison ! pense Zoé. Je n'aurais jamais deviné !

— Qu'est-ce que tu regardes ? demande Isabelle.

Elle doit encore avoir mâchouillé ses cheveux, car la pointe de sa queue de cheval est mouillée.

— Rien, dit Zoé en regardant dans la direction opposée.

— C'est mieux. Mêle-toi de tes affaires.

Elle s'ennuie peut-être de son ancienne maison, pense Zoé, mais ça ne la rend pas plus sympathique.

Zoé se rend aux casiers pour préparer son sac à dos. Elle croit avoir tout ce qu'il lui faut, mais à mi-chemin pour aller rejoindre

Max et sa mère, elle se rend compte qu'elle a oublié son agenda. Elle doit faire demi-tour pour aller le récupérer.

Elle court vers les casiers le plus rapidement possible afin de ne pas faire attendre sa mère. Elle est tellement pressée qu'elle ne remarque même pas qu'elle a de la compagnie.

Il y a une autre personne dans la salle.

Oh! oh! pense Zoé. Isabelle! Ça va, je vais l'ignorer en espérant qu'elle ne porte pas attention à moi.

Tout à coup, elle entend un bruit déconcertant.

Isabelle pleure.

Chapitre
quatorze

Que doit faire Zoé ? Doit-elle faire semblant de ne pas entendre Isabelle pleurer ? Que lui dirait-elle de toute façon ?

Zoé a soudain une idée. Je pourrais lui rendre la pareille, pense Zoé. Je pourrais lui dire : c'est maintenant toi le bébé lala !

Après avoir été ignorée pendant une semaine, ce serait bien de se venger d'Isabelle...

Mais elle sait que son père a raison.

Bien que ce soit une pensée agréable, Zoé ne croit pas être capable de dire ces choses auxquelles elle pense. Zoé n'aime pas voir des gens tristes ou peinés. À sa grande surprise, cela comprend aussi Isabelle. Elle reste immobile pendant un moment, puis elle se dirige vers le casier d'Isabelle.

— Est-ce que ça va ? ose-t-elle demander.

— Va-t'en ! répond Isabelle en reniflant.

Elle ne fait pas vraiment peur, par contre, lorsqu'elle pleure comme ça. Zoé prend une grande respiration et essaie d'agir du mieux qu'elle peut. Elle s'apprête à faire quelque chose de courageux, et elle ignore comment ça se passera.

— Je suis désolée que tu sois triste, dit-elle. Est-ce que je peux t'aider ?

Isabelle la regarde, étonnée.

— Pourquoi es-tu gentille avec moi? demande-t-elle.

Zoé hausse les épaules.

— Je déteste cet endroit, laisse tomber Isabelle. Je m'ennuie de mon ancienne école. Personne ne se soucie de moi ici.

— Qu'est-ce que tu dis? s'exclame Zoé, stupéfaite. Tout le monde ici est ton ami.

Elle prend une grande respiration.

— Je serais aussi ton amie, si tu le voulais, ajoute-t-elle.

— Toi! Pourquoi voudrais-tu être mon amie?

C'est difficile de lui donner une bonne réponse sur-le-champ. Sincèrement, Zoé n'est pas totalement certaine de vouloir être l'amie d'Isabelle en ce moment. Elle se rappelle comment c'était à l'école avant l'arrivée d'Isabelle, quand tout allait bien.

— Ce serait mieux si nous étions tous amis, non ? fait-elle enfin remarquer. Personne ne devrait être mis à l'écart.

Isabelle cligne des yeux et renifle. Elle relève ensuite le menton et demande :

— Vas-tu dire à tout le monde que tu m'as vue pleurer ?

— Bien sûr que non ! la rassure Zoé. Je ne ferais jamais ça.

— Bon, c'est d'accord, murmure Isabelle en laissant paraître un petit sourire.

Zoé réalise que c'est la première fois qu'elle voit un sourire sur le visage d'Isabelle.

— Alors, dit Zoé. Amies ?

Isabelle hoche doucement la tête. Zoé est rassurée.

— On se voit lundi, ajoute Isabelle. Il faut que j'y aille. Ma mère doit probablement m'attendre.

— Oh non ! dit Zoé en prenant son agenda. Ma mère m'attend aussi !

Elle salue Isabelle de la main, puis se dépêche de rejoindre Max et sa mère. Elle vient de quitter les casiers et court vers l'escalier lorsque monsieur Bédard l'interpelle.

Oh ! oh ! pense Zoé. Je me suis fait surprendre à courir dans le corridor.

Mais monsieur Bédard ne la gronde pas.

— J'ai tout entendu, dit-il tandis que Zoé s'avance vers lui. Ta conversation avec

Isabelle, je veux dire. Les derniers jours ont été difficiles pour toi, n'est-ce pas ?

Zoé hausse les épaules, gênée. Elle est surprise que quelqu'un l'ait remarqué.

— Mais tu as quand même été gentille avec Isabelle. Tu aurais pu l'ignorer, mais tu t'es plutôt fait une nouvelle amie. Je suis fier de toi, Zoé.

Zoé est si heureuse qu'elle ne sait pas quoi répondre. Elle rougit et dit maladroitement :

— Euh, merci. Je dois y aller. Ma mère m'attend dans la voiture.

— Je te laisse, alors, dit monsieur Bédard. Bonne fin de semaine !

Zoé traverse la cour d'école aussi vite que ses jambes le lui permettent.

C'est encore mon école, pense-t-elle. J'y ai toujours ma place. Et j'ai réussi ! J'ai hâte de le dire à papa. Je me suis tenue debout !

Chapitre
* quinze *

Ce soir-là, Aurélie téléphone à Zoé.

— Euh, Zoé ? C'est Aurélie.

— Salut Aurélie, dit lentement Zoé.

— Je viens de parler à Isabelle...

— Ouais ?

— Elle m'a dit que tu as été très gentille avec elle et qu'elle regrette d'avoir été méchante avec toi.

— Oh oui ? répond Zoé en se demandant ce qui se passe.

— Je le regrette aussi, poursuit Aurélie. Je voulais tellement être l'amie d'Isabelle que j'ai fait semblant de ne pas remarquer qu'elle était méchante avec toi. Je suis une mauvaise amie, et je ne t'en veux pas d'être fâchée contre moi.

C'est étrange, car, bien que Zoé ait été très fâchée contre Aurélie, elle l'a pardonnée à l'instant où elle a reçu ses excuses. Elle ne souhaite que redevenir son amie.

— Je m'ennuie de toi, Zoé.

— Je m'ennuie aussi de toi, répond Zoé.

Le lundi suivant, Zoé est nerveuse et excitée à la fois. Et si Isabelle avait changé d'avis pendant la fin de semaine et qu'elle avait décidé de continuer à être méchante avec elle?

Il n'y a qu'une seule façon de le savoir, mais Zoé ne peut plus attendre.

Au moment où sa mère se gare près des portes d'entrée de l'école, Zoé aperçoit Aurélie et Isabelle bavarder ensemble sur un banc. Zoé se mord les doigts nerveusement.

— Est-ce que tu sors ? demande sa mère.

— Je suppose que oui, dit Zoé.

Bon, d'accord, pense-t-elle. Dans le pire des cas, je retournerai à l'infirmerie.

Elle prend son sac et sort de la voiture. Elle s'avance vers les autres. Isabelle mâchouille ses cheveux, comme si elle s'attendait à ce que quelque chose tourne mal. Lorsqu'elle aperçoit Zoé, elle sursaute et se lève.

— Salut Zoé, commence-t-elle timidement.

Euh, j'ai quelque chose pour toi. Je l'ai préparé avec ma mère hier.

Pendant qu'Isabelle cherche dans son sac, Zoé se retourne vers Aurélie. Aurélie sourit, mais ne prononce pas un mot. Isabelle apporte une boîte à lunch en plastique qu'elle tend à Zoé.

— Tiens ! dit-elle.

Zoé soulève le couvercle. Il y a un gâteau de la taille d'un gros sandwich à l'intérieur. Il est recouvert d'un généreux glaçage au chocolat où il est écrit DÉSOLÉE ZOÉ avec de minuscules étoiles bleues, en sucre.

— C'est un gâteau au chocolat, précise Isabelle. Ma mère l'a fait, mais c'est moi qui l'ai décoré.

— Super ! dit Zoé. Quand est-ce qu'on le mange ?

— Il est à toi, réplique Isabelle. Tu peux le manger quand ça te tente. Tu peux même garder la boîte à lunch, si tu veux.

— Oh, non, dit Zoé. On doit absolument le manger ensemble. Et tu sais, on devrait même le manger tout de suite !

— Mais on vient tout juste de déjeuner ! fait remarquer Aurélie.

— Et puis ? lance Zoé. C'est un gâteau spécial. On ne devrait pas attendre.

Aurélie et Isabelle se réjouissent. Zoé coupe le gâteau en trois pointes rectangulaires à l'aide de la règle de son ensemble de géométrie.

Avant que la cloche sonne, chacune prend une pointe et l'engloutit à la vitesse de l'éclair.

C'est réellement le meilleur gâteau qu'elles ont mangé. Zoé croit qu'il s'agit d'une excellente façon de commencer une nouvelle semaine. Un nouveau départ avec la nouvelle élève et une réconciliation avec Aurélie, sans oublier le meilleur gâteau au chocolat!